Der Autor Christian Hofmann, bekannt durch seine Lyrikbände der Entgegen der Zeit-Reihe veröffentlicht mit dieser Fantasy-Geschichte, einen ersten eigenständigen Band, jenseits der Belletristik.

In dieser Geschichte, stoßen vier Jugendliche auf mysteriöse Gegenstände und erleben Albträume, welche sie gemeinsam auf ein Abenteuer vorbereiten.

Der Autor wünscht seinen Leserinnen und Lesern, viel Spaß bei der Reise durch diese Geschichte voller Fantasie, Magie und auch durch teilweise humorvolle Momente.

Herzliche Grüße,

Christian Hofmann

© 2020
Herstellung und Verlag:
BoD – Books on Demand, Norderstedt
ISBN: 978-3-7526-9102-3

Die Kinder

der

Artefakte

Wie alles beginnt...

Er läuft.
Er rennt.
  Während er läuft und rennt, schnauft er durch
und atmet sehr hastig.
Springt über weitaufgerissene Löcher im Boden.
Sehr knapp sind seine Sprünge über den tiefen
Abgrund, des klaffenden Erdbodens.

„Nein"
„Oh, mein Gott" ruft Nicolas.
„Hilfe"!
„Hiiiii-llllfe-eeee" die Schreie von Nicolas
werden immer energischer, impulsiver.

Als sich der Drache senkt, und mit einer seltsam
grünleuchtenden Säure nach ihm spuckt, reißt
die Mutter seine Zimmertüre auf.

„Nicolas, Nicolas". Sagt die Mutter und nahm
ihn zur Beruhigung in den Arm.
„Du hattest wieder einmal einen Albtraum".
„Es ist alles in Ordnung" Sagt die Mutter.
  Nicolas sieht sie ganz erschrocken und
verängstigt an.
Verstummt und mit zittriger Stimme sagt
Nicolas:

„Alles in Ordnung"!?
„Es ist schon wieder derselbe Albtraum"
„Schon wieder dieser Drache, ich habe Angst vor
ihm, er spuckt mit so komisch grüner Säure nach
mir" schluchzte Nicolas.

Die Mutter versucht ihn zu beruhigen und sagt
zu ihm:
„Es war nur ein Traum"
„Ich weiß Albträume sind verängstigend und
verstörend, aber sie nicht real" fügt sie hinzu
und versucht so, Nicolas zu beruhigen.

   Nicolas schläft erneut ein, denn es ist erst 3:24
Uhr, so zeigt es sein Radiowecker an. Am
nächsten Tag, muss er wieder früh aufstehen
und zur Schule gehen.

Nicolas hatte schon das zweite Mal nun, von
diesem Drachen geträumt, der seltsam grüne
Säure nach ihm spuckt.

Nicolas hat die Nacht durchgeschlafen und wird
vom Wecker um 6:30 Uhr mit seinem
Lieblingsradiosender „Just4Kids" geweckt.

Kapitel 1: Vor dem Schulwechsel

Nicolas lebt mit seiner Familie, das sind sein Vater Michael und seine Mutter Rachel, sowie seine kleine Schwester Laurie und seinem Kater Garfield, in Edmore – einer Kleinstadt im Bundesstaat Michigan.

Nicolas ist 12 Jahre alt, er besucht die EHS – Edmore High School. Eigentlich hat er nur noch ein Jahr vor sich, aber seine Eltern wollen an die Westküste umziehen, in den Bundesstaat Kalifornien. Denn Nicolas Vater hat dort einen neuen und sehr guten Job angenommen.

Nicolas ist traurig darüber, denn er mag die Stadt Edmore, in der er aufgewachsen ist. Auch seine ganzen Freunde hat er dort, die dann wohl nicht mehr so häufig sehen wird.

Aber sein Trost ist sein Kater Garfield. Ein roter Kater, den Namen Garfield hat er ihm gegeben, weil Garfield auch sein Lieblings-Cartoon ist.

Am Frühstückstisch sitzt Nicolas mit seiner Mum, er stochert und löffelt in seinen Cornflakes herum.

Rachel, seine Mutter spricht ihn ganz leise und sanft zum Gespräch an.

„Schau mal Schatz“ sagte seine Mum.
„Ich weiß, du hängst an Edmore und ich weiß du
möchtest hier bei deinen Freunden bleiben“ das
verstehe ich, fügte sie an.
„Ich denke deine Albträume in letzter Zeit,
rühren daher, dass du dich einfach innerlich auf
unseren Neuanfang in Kalifornien vorbereitest“
versucht Rachel, Nicolas vorsichtig
beizubringen.

Nicolas wirft den Löffel in den Teller
Er springt auf und sagt:
„Ist schon okay, Mum“!
„Du weißt gar nichts“! Sagte Nicolas erbittert
und böse zu seiner Mum
„Ich muss jetzt zur Schule, sonst bekomme ich
den Bus nicht mehr“! führte Nicolas hinzu.
Er verlässt das Haus und schaut nicht mehr
zurück zu seiner Mum, die noch etwas bedrückt,
zwischen Tränen und einem hoffnungsvollen
Lächeln im nachschaut.

7:50 Uhr, Nicolas ist in der Edmore High
angekommen. Er sieht seine Freunde im Hof und
geht mit gesenktem Blick und angeschlagener
Stimme zu ihnen. „Hey Nic“! Ruft sein bester
Freund Mike.

Nicolas sagt: „Hey Mikey", "Hey Jungs".
Sie gehen gemeinsam in die Eingangshalle der
Schule, da der Unterricht um 8:00 Uhr beginnt.

Heute stehen Nicolas Lieblingsfächer auf dem
Programm seines Stundenplans. Es sind die
Fächer Geschichte und Erdkunde. Sein
Geschichtslehrer Mr. Charles Dickson, hat
Nicolas gern. Denn Nicolas Großvater Albert
Brescow und Mr. Charles Dickson, waren sehr
gut und eng befreundet. Bis zuletzt, an den Tag,
an dem Nicolas Großvater starb.

Man muss dazu sagen, Mr. Dickson und Albert
Brescow, haben viele gemeinsame
Entdeckungsreisen unternommen. Denn Dickson
als Geschichtslehrer interessiert für die Welt,
Kriege, Herrscher und Reiche sehr. Nicolas
Großvater war mehr auf archäologische
Artefakte aus. Er war beruflich Wissenschaftler.
So lässt sich sagen, es hatten sich zwei
Lebensbegeisternde „Verrückte" verbündet.

In der Schule gilt Nicolas als „schräg" und
„schrill", denn er weiß um die Geschichten und
Reisen seines Lehrers und seinem Großvater.

Die Jungs betreten das Klassenzimmer. Aus der hintersten Reihe brüllt schon lautstark Marcio, der Klassenclown und Rowdy seiner Klasse.
„Heeeeyyy da ist ja Hokus-Pokus-Nic mit seinen watschelnden Enten"
„HAHAHAHAH"
Marcio brüllt und lacht sich kaputt, weil er immer seine Mitschüler so verspotten mag und die ganze Klasse lachen soll.
„Ja, ja – ist ja gut, krieg dich ein, deine Standardsätze kennt mittlerweile die ganze Klasse"! Erwiderte Mikey
   Mr. Dickson betritt den Klassenraum. Er bemerkt, dass es Nicolas heute nicht besonders gut geht.
Die Stunde ist fast vorüber, Mr. Dickson geht auf Nicolas zu.
   „Nicolas, würdest du bitte mit mir ins Rektorenzimmer gehen"?
Mr. Dickson grinst ihm freundlich zu, immer wenn Mr. Dickson grinst, strahlen seine Augen so als wären sie voller Magie und etwas geheimnisvolles scheint dort verborgen zu sein.
   „Ja Mr. Dickson" Sagte Nicolas.

Sie sind im Rektorenzimmer angekommen.
   „Setz dich doch Junge, nimm Platz Nicolas" sagt Mr. Dickson

Mr. Dickson spricht mit Nicolas über die ganze Situation. Denn er weiß um die private Lage und die Anspannung und Nervosität des Jungen.
 Ein Umzug, ein Neuanfang, neue Freunde. Es bringt auch alles neue Herausforderungen.

„Weißt du Nicolas, dein Großvater und ich, wir waren auch beste Freunde, wir waren verschworen einander. Ich kenne das Gefühl zu gut, wenn man seine Freunde zurücklassen muss oder sie einen verlassen" sagte Mr. Dickson bedrückt und ganz vertrauensvoll.

„Wissen sie Mr. Dickson, es ist nicht nur, dass ich meine Freunde zurücklasse. Es ist auch immer wieder geärgert zu werden von den anderen Jungs der Klasse"! Sagte Nicolas zu seinem Lehrer.

„Hör mir mal zu, egal was andere über dich sagen und was sie auch über deinen Großvater sagen. Er hatte mir einmal im Leben in einer brenzligen Lage sehr geholfen. Das weiß eigentlich niemand, aber dafür bin ich ihm bis heute noch dankbar"! Mr. Dickson kamen die Tränen nah.

„Ganz egal was andere über dich sagen Junge, du
bist gut wie du bist und du erinnerst mich an
deinen Großvater. Darüber kannst du froh und
stolz sein". Lächelte er dem Jungen zu.

„Aber Mr. Dickson, die Jungs haben doch Recht
wenn sie mich immer aufziehen, Hokus-Pokus-
Nic, Mighty Nic und was sie noch alles noch zu
mir sagen. Mein Großvater war halt irgendwo
ein Stück „verrückt" immer und immer wieder
nach ihren Reisen, kam er zurück und sagte
jedes Mal ~ Nicolas, eines Tages finde ich was
kostbares, was wertvolles, ich glaube daran und
dann werde ich es dir schenken ~." – holte
Nicolas aus.

„Ja ich weiß Nicolas, dein Großvater war ein
sehr ehrgeiziger Mensch und er glaubte an seine
Ziele, ob es um reelle Dinge ging oder um
Artefakte. Er war immer überzeugt etwas zu
finden, was er sich in den Kopf setzte" sagte Mr.
Dickson zu ihm

„Das Entscheidende mein Junge, das frage ich
dich nun" Sagte Mr. Dickson
Nicolas schaute ihn ganz erwartungsvoll und mit
großen Augen an.

„Es ist nicht wichtig was die anderen Jungs von dir denken, sicher ist es nicht schön, beleidigt zu werden dazu vor einer ganzen Klasse. Aber glaubst du an Magie oder magische Gegenstände"? Fragte ihn Mr. Dickson

„Naja Mr. Dickson, so genau habe ich mir darüber noch nie Gedanken gemacht" Sagte Nicolas zu ihm.

Mr Dickson grinst wieder, mit diesem geheimnisvollen und strahlenden Blick.
„Nun Nicolas, die Stunde ist um. Denke für dich doch einmal drüber nach" Sagte Mr. Dickson

 Nach der Schule geht Nicolas direkt Nachhause. Er verabredet sich mit Mikey am Nachmittag, wenn die Hausaufgaben erledigt sind. Außerdem wollen die Eltern den Dachboden schon einmal ausräumen.

Nicolas hatte in der Schule am Vormittag zu Mikey gesagt, dass er gerne vorbeikommen darf und sich etwas am Dachboden aussuchen kann. Zur Erinnerung an ihre Freundschaft und die gemeinsame Zeit in Edmore, sowie an der EHS.

Kapitel 2: Der Dachboden

Zuhause angekommen sieht Nicolas seine Eltern
schon jede Menge Umzugskartons packen.
   „Hey Nicolas" Ruft ihm der Vater zu.
„Komm schon Champ"!
Nicolas Dad versucht den Jungen aufzumuntern.
Nicolas geht auf den Dachboden, während seine
Mum sich um Laurie kümmert.

   „Weißt du Großer" Sagt sein Vater.
„Du wirst in Kalifornien auch Anschluss finden,
ganz bestimmt sogar"...

Nicolas hört seinem Vater zu, sagt aber kein
Wort zu seinem „schmackhaften Reden".
   An die Tür klingelt es.
Mikey ist eingetroffen.
„Hallo Mike" Begrüßt ihn Nicolas Mum.
„Geh nur zu Nicolas hoch, er ist auf dem
Dachboden, vielleicht kannst du ihm ja beim
Packen helfen" Sagt die Mutter in sehr
freundlicher und netter Stimme zu Mike.
„Hallo Mrs. Brescow, das ist sehr nett und
Dankeschön" Spricht Mike darauf hin zu der
Mutter.

„Hey Nic"! Ruft Mike
„Hey, hier oben" Antwortet Nicolas lautstark
„Na los, komm schon hoch, du brauchst ja ewig"
Rief Nicolas grinsend und mit lustiger
Provokation.
„Eines Tages Nic, eines Tages werde ich fliegen,
du wirst schon sehen"! Sagte Mike darauf

   Der Nachmittag verstreicht.
Die Beiden befinden sich am Dachboden.
Aussortiert wurden bislang Nicolas alte
Spielsachen und Kuscheltiere, für welche er
keine Verwendung mehr findet.

Doch plötzlich entdeckt Mike eine alte Schatulle.
Sie sieht sehr alt aus. Schätzungsweise aus dem
1800 Jahrhundert muss sie sein, wenn nicht
sogar noch älter.
   „Oh, wow, Kacke man"! Sagt Nicolas
„Das ist wohl noch eine alte Holzkiste von
meinem Großvater" Nicolas sagt dies mit etwas
nerviger Stimme und verdreht die Augen.

Mike spricht darauf hin;
„Hey Nic"

„Was hast du denn immer gegen deinen
Großvater“?
„Er war ein Abenteurer, hat viele Schätze und
seltene Dinge entdeckt auf seinen Reisen mit Mr.
Dickson“!

  „Ich habe nichts gegen meinen Großvater,
Mickey“! Sagt Nicolas zu ihm
„Es ist nur so, mein Großvater galt in der ganzen
Stadt als „verrückt“, „geisteskrank“ und
„wahnsinnig“, er war wie besessen etwas
„Großes“ zu finden“ Sagt Nicolas

Außerdem führt er fort:
„Es ist einfach nicht schön und nur noch nervig,
ständig an die Dinge meines Großvaters erinnert
zu werden“ Sagt Nicolas in einem haschen Ton.
„Vielleicht ist einfach wirklich das Beste, hier zu
verschwinden“ Sagt Nicolas zornig.
  Mike standen die Tränen in den Augen.
„Hey Mikey, tut mir leid, so war es nicht
gemeint man“! Entschuldigt sich Nicolas bei
ihm.

„Naja, du wirst mich vielleicht irgendwann
verstehen Mikey, irgendwann einmal“.
Sagte Nicolas noch leise nach.

„Okay man"! Führt Mike wieder den Ton an.
„Machen wir das alte Holzkästchen auf oder
willst du es in den Schrott werfen, ohne zu
wissen was sich darin befindet"? Fragt Mike ihn.
  Beide schweigen einen Moment. Die Blicke der
beiden Jungs, sind so voller Neugier, vielleicht
eine „Entdeckung" zu machen oder auch voller
Angst, vor dem, was sich tatsächlich darin
befinden wird.

Nach einem kurzen Moment, entschließen sich
die Beiden, die alte Schatulle zu öffnen.
„Nic"? Sagt Mike mit fragender Stimme.
„Ja? Fragt Nicolas
„Wenn du in Kalifornien bist, sehen wir uns ab
und zu mal, oder wirst du mich vergessen"?
Fragt Mike ihn.
„Wir werden uns auf jeden Fall sehen Mikey"
Antwortet Nicolas.
„Eines Tages, wenn ich groß bin und einen Job
habe, komme ich zurück von er Westküste. Ich
komme wieder zurück nach Michigan" Sagt
Nicolas voller Überzeugung und total sicher.

„Okay Kumpel" Sagt Mike.
„Bereit"? Fragt Nicolas ihn.

„Bereiter, als bereit“ Sagt Mike.
Die Beiden wollen nun die Schatulle öffnen.
Nach längerem drehen und wenden der „alten
Holzkiste“, wie die Beiden sie nennen, stellen sie
fest – es gibt gar keine Öffnung an dieser.
 „Bin ich blöd“!? Sagt Nicolas energisch
„Nein, man – ich sehe auch keinen Verschluss“!?
Bestätigt ihm Mike.

„Ich erinnere mich an einen kurzen Moment mit
meinem Großvater hier oben auf dem
Dachboden“ Wirft Nicolas plötzlich ein.
 „Ach, ja“!? Fragt Mike ganz erwartungsvoll
„Um was ging es denn damals“? Fragt er
interessiert.
Nicolas zögert und versucht sich zu erinnern.
„Naja, wir waren auch in dieser Ecke, er hatte
diese komische Holzkiste hier in der Hand“ Sagt
Nicolas zu Mike.
„Und er sagte, worauf ich ihn aber niemals eine
Frage stellte – ich solle bloß keinen mit auf den
Dachboden nehmen, wenn ich an dieser
Schatulle sitze“.

Die Beiden schauen sich fragend an. Noch mehr
der Neugier weckte in ihnen um das Geheimnis
der „Holzkiste“ die keinerlei
Öffnungsmöglichkeiten vorfinden lässt.

Die Beiden entschließen, die Kiste mitzunehmen.
„Mrs. Brescow" Spricht Mike leise und mit
aufgeregter Stimme Nicolas Mutter an.
„Oh, Mike – was ist denn los?"
„Hast du etwa einen Geist gesehen"!? Lächelt die
Mutter den Jungen an.
„Oh, ah, Nein Mrs. Brescow" Murmelte Mike vor
sich hin.
„Nein, ich will nur fragen, ob Nic nochmal heute
mit mir raus darf"!?
Die Mutter sagt daraufhin;
„Ja, klar – Nicolas darf gerne nochmal mit dir
raus, aber vergesst nicht eure Hausaufgaben
noch zu machen" Hinzufügte sie noch –
„Nicolas sei bitte so gegen 19 Uhr zurück, denn
dann gibt es Abendessen".

Nicolas sagt;
„Ja, okay Mum, ich bin zurück"!
„Wie immer" sagt er noch, während er die
Holzkiste unter seiner Jacke versteckt und die
Türe verlässt. „Bis später" Ruft Nicolas seiner
Mutter noch zurück.

Kapitel 3: Moskau

„Was zum Teufel geht hier vor"!?
„Hilfe"!
„So helft mir doch"!
Schreit sie, doch niemand eilt ihr zur Stelle.
  Sie flüchtet vor einer Riesenspinne,
pechschwarz und pinke Flüssigkeit verliert sie,
welche sehr hell im Licht zu leuchten scheint.
„Da ist eine Ecke" Sagt sie sich leise, während
sie rennt und fasst schon außer Atem ist.

Sie glaubt in Sicherheit zu sein, einen Moment
lang ist es ruhig. Dann bäumt sich die schwarze
Riesenspinne auf ihre Hinterbeine. Alle 8 Augen
schauen das Mädchen an.
Langsam füllt sich seltsame pinkfarbene
Flüssigkeit in ihren Klauen.

Die Spinne stößt nach unten
„Hilfe"!!!
„Hiiilllll-fffffeeeee"! Schreit sie
Die Tür stößt auf, der Vater rennt ins Zimmer.
Er macht sofort das Licht an.
Sagt zu dem Mädchen;
„Natascha, Natascha" schüttelt sie leicht.
„Du hast geträumt, mein Schatz, es war nur ein
Traum"

Versucht der Vater das 13-jährige Mädchen zu beruhigen.

Sie öffnet die Augen, weint und ist am Zittern. „Waassss, aaaarrgghh" Sie weint und schluchzt. „Da war eine Riesenspinne, sie wollte mich mit ihrer Flüssigkeit angreifen". Sagt das Mädchen ganz aufgelöst.

Der Vater sagt zu ihr:
„Dir geschieht nichts, ich bin hier und es gibt keine Riesenspinnen"
Sie schaut auf die Uhr, welche über ihrer Zimmertür hängt. Diese zeigt 3:24 Uhr an.

Natascha schläft nach einiger Zeit wieder ein, nachdem sie sich beruhigt hat.

Am nächsten Morgen sitzt Natascha mit ihrem Vater Alexej am Frühstückstisch. Das Mädchen ist ein Einzelkind und hat schon schwere Schicksalsschläge in seinem Leben hinter sich bringen müssen.
Nataschas Mutter starb als sie eingeschult wurde. Dies ist inzwischen nun 7 Jahre her.
Nataschas Vater ist ein Gelegenheitsarbeiter und ein Gastarbeiter. Das heißt, er kann kleinere Montagen und Schweißer-Tätigkeiten ausüben. Hat aber keinen Beruf erlernt. So hält er sich mit

Hausmeisterjobs und Aufträgen hier und dort
über Wasser.

   Natascha ist auf dem Weg zur Schule. Heute
muss sie länger bleiben und in der
Schulbibliothek für ihre Ausarbeitung der
Präsentation arbeiten.
Sie hat furchtbare Angst vor Dinos und obwohl
diese schon seit Millionen von Jahren
ausgestorben sind, hat sie selbst heute noch
Furcht vor ihnen.
   Sie findet sie unheimlich wegen ihrer Größe
und wegen ihren riesigen spitzen Zähnen.

Während sie in der Schulbibliothek sitzt und
nach Büchern über ihre Präsentation
aufmerksam schaut, kommt ihr sogar ein
Grinsen ins Gesicht. Denn sie denkt gerade
darüber nach, ob sie vielleicht eine Präsentation
über Riesenspinnen mit pinker Säure halten soll.
   Aber sie ist so oder so schon eine
Außenseiterin und Alleingängerin. Dann würden
sich bloß alle Mitschüler über sie lustig machen
und wohl Dinge sagen wie ~ Wohl zu viel
Spider-Man Comics gelesen und mit Venom
gekämpft was ~

Sie vergisst die Idee ganz schnell wieder und
sammelt ihre Bücher ein.

Sie verstaut diese in ihrer Schultasche und geht zu ihrem Bus, mit dem sie jetzt Nachhause fährt.

Zuhause angetroffen, kommt sie zur Türe herein.
Ihr Vater ist noch nicht Zuhause, vielleicht ist er wieder auf einer Baustelle oder hat sogar eine Doppelschicht.
Doppelschichten machen Natascha immer Angst. Denn das bedeutet, dass ihr Vater womöglich von morgens bis zur Mitternacht auf einer Arbeitsstelle arbeitet.

Natascha ist ein fleißiges Mädchen. Zwar etwas schrill und flippig, was ihre Außenseiterrolle auch erklärt. Sie hat lilaschwarze Haare, sehr fetzig geschnitten. Trägt Blue Boots und trägt am liebsten ihr Blue Öyster Cult Shirt. Dies ist nämlich ihre Lieblingsband.

Natascha macht ihren Cassetten-Recorder an, sie hört wieder mal ihr absolutes Lieblingslied. So kann sie sich am besten konzentrieren. Während sie nun also die Bücher sortiert für ihre Präsentation, trällert der Recorder in der Repeat-Dauerschleife...
„... Don't fear the reaper, Baby take my hand, we`ll be able to fly, don't fear the reaper... Baby I´m your man... La, la, la, la..“

Bei dieser Stelle des Songs muss sie immer beginnen zu lachen, denn als würde ein Junge kommen und sagen „I´m your man"!

Natascha denkt an dieser Stelle immer nahezu. So ein freaky Girl und eine schrille Göre will doch sowieso niemand haben. Geschweige denn, wird ein Mann mit mir zurechtkommen.

Sie lacht vor sich hin an dieser Stelle, die Bücher sind sortiert und nun kann sie ihre Präsentation beginnen.

Kapitel 4: Das titellose Buch

Natascha mixt sich noch einen Drink – der ist
sehr gewöhnungsbedürftig. Denn sie nimmt
Limettensaft, schüttet dazu Pfefferminzsirup
und Waldmeister. Zur Krönung dieses
„Nataschka-tail" wie sie ihn immer nennt, eine
Kombi aus Natascha und Cocktail – schüttet sie
noch einen Fingerhut voll aus der Flasche mit
der Aufschrift „Nati-Wodka" rein.
    Sie ist eben anders als ihre Mitschüler, aber auf
jeden Fall ein Mädchen mit einem guten Herzen.

Denn als Natascha für die Schule loslegen
möchte, hört sie ein Krächzen durch ihr Fenster.
  Sie vernimmt tierliche Laute, die wie ein
„Jammern" klingen. Tatsächlich eine Katze ist
unten auf der Straße und sucht nach Futter.

Natascha geht runter und gibt der Katze Futter.
Denn sie weiß, dass viele Katzen in ihrer Gegend
herumstreunen. Ihr Vater mag nicht, dass sie ihr
weniges Taschengeld für Katzenfutter ausgibt.
Natascha aber ist sehr einfühlsam und hat ein
großes Herz für Tiere.

   Nun aber muss sie an ihre Präsentation dran.
Sie schaut noch einmal auf den Bücherstapel.

Seltsam! Denkt sie sich
Warum ist da ein Buch dabei, ohne Titel auf dem
Buchrücken?
 Sie nimmt dieses Buch aus dem Stapel heraus.
Sie spricht mit sich selbst und nuschelt zu sich:
„Strange"!
„Ich könnte schwören, dass ich in der Bibliothek
alle Bücher nach ihrem Titel ausgewählt habe"
Sagt sie sich.
 Wie kann also dieses Buch dazwischen geraten
sein?
Natascha schaut sich das Cover des Buches an
und stellt fest es ist ein einfaches schwarzes
Buch.

Sie macht Witze und sagt:
„Oh-Kay, yeah"
„Ich höre zwar Heavy-Metal, bin schrill und
abgespacet – aber ein „Blackbook" habe ich nun
wirklich nicht eingepackt"!

Sie ist sehr verwundert. Bei genauerem
Hinsehen, stellt sie fest – dass, das Buch gar
nicht aufzuklappen geht!

„Verdammt"! Sagt Natascha etwas lauter.
„WTF is going on here"!?

Da Nataschas Vater ja wie erwähnt auch gelegentlich Hausmeisterjobs annimmt. Hat er immer einen Ersatz-Werkzeugkasten Zuhause herumstehen.

Natascha geht in den Bastler- und Handwerkerkeller.

Sie findet dort schnell einen Hammer, eine Säge, alles eigentlich – aber was genau hat sie überhaupt vor!?

Sie spricht leise zu sich selbst:
„Dann knacken wir dich doch mal auf du ~ verschlossenes Buch ~" Sie grinst dabei und denkt:

~ Das war jetzt wieder genial-witzig, schade dass niemand ihren Humor versteht und hört ~

Natascha holt eine Art Spachtel, sie versucht durch das Hebeln, irgendwie das Buchcover zu öffnen. Aber es gelingt ihr nicht.

So probiert sie es weiter mit --- da fliegen Hammer, Säge, Sichel, Schraubenzieher und sämtliche andere spitzförmige Metallwerkzeuge durch den kleinen Keller.

Schlussendlich nimmt sie ein Streichholz, fährt dieses über die dafür vorgesehene Schachtel. Eine Flamme entzündet.

Sie versucht also jetzt das Buch aufzubrennen.
  Es scheint als würde es ihr gelingen.

Natascha hat tatsächlich das Buch geöffnet.
Aber was befindet sich denn da drin!?
  Sie ist verdutzt.
Es schaut aus, als wäre das Buch eine
Aufbewahrungsbox, eine Schatulle.
Darin befindet sich ein ganz seltsam geformtes
Amulett oder eine wie eine Art Mandala aber
nicht gezeichnet, sondern aus Gold oder
anderem Metall gegossen.
  In der Mitte, da fällt sofort ihr Auge drauf ist
wie eine Murmel fest verankert.
Könnte aber auch die Form eines Auges sein.
  Ganz vorsichtig berührt sie es mit ihren
Fingern.

Das Auge oder die Murmel, was auch immer es
ist, beginnt gelb aufzuleuchten. Ihr wird ganz
seltsam in diesem Moment.
  Sie sagt sich ganz leise: „Oouh Stopp"! „Es ist
doch gar kein Wodka in der Flasche". Es ist doch
bloß Wasser mit Geschmack, in einer Wodka-
flasche aufbewahrt für ihren ~ Nataschka-tail
~".

  Ihr wird schwindelig, sie fällt zur Seite. Das
seltsame Amulett fällt ihr aus der Hand.

Sie ist in Ohnmacht gefallen.

Einige Stunden später kommt Alexej
Nachhause. Es ist inzwischen 22:45 Uhr.
Er ruft nach ihr im Haus:
„Natascha, Natascha"!
„Liebes"
„Wo bist du"?
„Ich habe dir oft schon gesagt, du sollst nicht
alleine in den Keller gehen"!

Licht, welches im Keller brennt, lässt den Vater
also schnell erahnen, dass Natascha sich dort
befindet.
Er betritt den Keller.
Natascha ist weg. Alles ist aufgeräumt, als ob
nichts angerührt worden sei.
Lediglich das Licht des Kellers brennt.

Kapitel 5: Kraken-Monster

Lee ist ein 12-jähriges Mädchen. Sie sitzt nach der Schule Zuhause an ihren Hausaufgaben. Sie lebt in Luanda. Sie ist sehr fleißig, denn sie hilft ihren drei jüngeren Geschwistern und der Mutter immer im Haushalt und auf dem Wochenmarkt beim Verkauf von frischem Obst und Gemüse.

Die Mutter Leyla kommt in das Zimmer von Lee.
  „Ist wieder alles in Ordnung mit dir" Fragt die Mutter besorgt.
Lee spricht zu ihr:
„Ja Mama, es ist alles wieder gut"
„Aber du hattest jetzt schon das vierte Mal diesen Albtraum und immer sprichst du darin, von Kraken-Monstern und blauaufleuchtenden Blitzen" Meint die Mutter Leyla zu Lee.

„Ich weiß auch nicht was dies ist, aber es wird schon wieder vorübergehen" sagt Lee.
  „Mama wenn es für dich okay ist, gehe ich nach den Hausaufgaben noch mit Antonio etwas spielen" Sagt Lee zu ihrer Mutter, welche darauf mit einem lächelnden „Ja" reagiert.
  „Antonio mag dich sehr nicht"!? Grinst die Mutter und zwinkert Lee zu.

Lee ist sichtlich verlegen und bestätigt es ist mit einem schüchternen aber nur kurzem Nicken.

Lee geht gerne zu Antonio, er ist 15 Jahre alt und ihr bester Freund. Kennen tun sich die Beiden aus der Schule und sie wohnen beide in Luanda.

Aber Lee geht gar nicht zu Antonio. Zumindest nicht heute.
Sie geht alleine an den Strand hinaus. Schaut über den weiten Südatlantik und denkt über ihren Albtraum nach.
Oder viel mehr über ihre Albträume. Oder im Prinzip doch über einen, den sie aber schon mehrmals geträumt hat.

„Kraken-Monster"!
„Kraken-Monster"!
Sagt Lee zweimal zu sich selbst und fängt dabei an zu lachen.
„Es gibt ja jede Menge, wovon man Albträume bekommen könnte aber von Kraken-Monstern"!?

Lee lächelt und spricht nun ihren Gedanken:
Ich hätte Albträume bekommen können, als ich immer von Tante Maira hausgemachte Muscheleintöpfe gegessen habe. Die waren nämlich ganz ekelhaft und furchtbar.

Lee ist ein aufgewecktes und schlaues Teenager-
Mädchen.
  Sie versucht viele Dinge zu verstehen. In allem
versucht sie immer einen Sinn zu erkennen.
Denn ihre Tiefgründigkeit sagt ihr
~ Nichts geschieht ohne Grund, in allem steckt
ein Sinn ~

  Der Tag vergeht.
Die Sonne steht schon am Horizont. Den Anblick
mag Lee so sehr.
Wenn die Abendsonne ins Rot sich färbt und sich
im Meer spiegelt.

Als Lee wieder am Abend Nachhause kommt.
Setzt sie sich in ihr Zimmer und beginnt
aufzuschreiben, wann es mit den Albträumen
anfing, wie viele Male seitdem schon vergangen
sind.
  Die Frage schlecht hin, warum Kraken-
Monster!?

Sie zeichnet alles auf. Sie hat einen gewissen
Spürsinn. Vielleicht auch etwas detektivische
Züge. Bringt wohl ein Familienleben mit sich,
wenn man noch drei kleinere Geschwister
betreut. Denkt sie sich. Dabei lächelt sie aber.

Es muss einen Sinn geben.
Lee schaut ein letztes Mal auf die Uhr bevor sie einschlafen möchte.
   Die Uhr zeigt 22:26 Uhr.
„Es wird Zeit Lee, morgen ist wieder ein langer Tag" spricht sie sich ganz leise zu.

   Bevor sie einschläft denkt sie immer so gerne an ihre Kindheit zurück. Lee hatte eine schöne Kindheit, als ihr Vater noch bei der Familie war – bevor er auf tragische Weise bei einem Unfall auf dem Atlantik ums Leben kam.

Er arbeitete als Fischer. Lee ist seit 7 Jahren ohne Vater.
   Aber ihren Vater trägt sie immer ganz tief in ihrem Herzen.

Nun versucht sie aber zu schlafen. Aber Gedanken kreisen und rotieren. Hindern sie am Schlafen. Ihre Tante Maira mit den Muscheln, die Albträume, die Erinnerung an ihren Vater. Sie liegt noch eine ganze Weile wach bis in die Nacht.
   Ein letztes Mal schaut Lee auf die Uhr, bevor sie nun endlich einschlafen kann. Die Uhrzeit zeigt 3:24 Uhr an.

Kapitel 6: Die Savanne

„Hey Lee"
„L-e-e"

„Papa"!?
„Bist du das, Papa"?

„Ja meine Prinzessin, wer soll es denn sonst
sein"!?

„Papa" Lee lächelt.
Lee träumt.

Sie träumt von einem Ausflug in die Savanne,
kurz bevor ihr Vater das Unglück auf dem
Fischerboot hatte.
  „Papa, schau die Sonne scheint so schön, sie ist
so warm" sagt Lee in dem Traum zu ihrem
Vater.

„Ja meine Kleine, ich weiß"
„Ich weiß auch dass du die Sonne magst, wenn
sie am Horizont steht und sie sich im Meer
spiegelt" Sagt ihr Vater zu ihr.

„Wie, woher"
„Wie kannst du das wissen Papa, ich bin doch
erst 5 Jahre alt" Lee ist irritiert

„Aber Prinzessin, in einem Traum gibt es keine
Zeit" Sagt er.
„Im Traum"!? Fragt sie mit zarter Stimme.
„Ja im Traum, höre mir zu, wir sehen uns in
diesem Traum, weil vor dir eine weite Reise
liegen wird mein Schatz"

„Was für eine Reise"!? Fragt sie
„Das wirst du noch sehen, du musst in deinem
Schreibtisch nachsehen meine Kleine"
„Dort liegt schon lange der Schlüssel"
„Ich weiß du bist gut im Rätsel auflösen und
hast einen guten Spürsinn"
„Den wirst du auch haben müssen und fürchte
dich nicht"
„Ich liebe dich mein Kind und ich vertraue in
dich"
„Nun muss ich gehen"

„Lebe wohl, bis wir uns wiedersehen"
Dies war sein letzter Satz

  Lee erwacht.
Schweiß gebadet liegt sie in ihrem Bett.
Macht das Licht an.
Ganz erschrocken und verwirrt.
Tränen laufen...
„Es war ein Traum" weint sie leise um nicht die
Geschwister im Haus zu wecken.

„Nichts war real" sagt sie sich leise.

Dennoch steht Lee auf und geht kurz an ihren
Schreibtisch.
   Denn sie erinnert sich, in ihrem Traum sagte
ihr Vater ~ Der Schlüssel liegt schon lange dort
~
Was hat er wohl damit gemeint und was hat es
damit auf sich?
   Ein Traum von der Savanne, das war real –
aber dass der Vater im Traum erscheint war
nicht real.

So schreibt sie auch diesen Traum auf.

Aber tatsächlich, in der Schreibtischschublade
liegt eine Art Amulett oder ein Ordens-Wappen.
   Man kann es nicht genau deuten.

Ein Symbol aus Gold oder ähnlichem Metall
gegossen. In der Mitte des Symbols ist wie eine
Murmel oder gar ein Auge versehen.

Lee berührt es mit ihren Fingern, ohne darüber
nachzudenken was geschehen kann, woher
überhaupt dieses Amulett stammt.

Lee berührt es und es steigen hellblauleuchtende
Blitze auf.

Am nächsten Morgen, wartet die Mutter auf Lee.
  „Seltsam" sagt Leyla zu den anderen Kindern
am Frühstückstisch.
„Ihr esst und macht keinen Unsinn"!
„Verstanden" führte sie noch hinten dran

Sie betrat Lees Zimmer.
„Na los Lee, wir haben einen langen Tag vor
uns" Sagt die Mutter in einem lieben Ton.
  Sie zieht die Decke von Lees Bett weg.
Lee ist verschwunden.

Kapitel 7: Dinosaurier sind ausgestorben!

„Hau 2-3-4"
„Hau 2-3-4"
„Ist das heute eine stürmische See"!
„Nein nicht heute, das ist der raue Norden –
mein Freund"

Stimmen.
Auf dem Meer.
In einem Wikinger-Boot
Plötzlich eine Riesenwelle
„Da kommt ein Riesenhals zum Vorschein"
„Was ist das!?"

„Aaaarghhhh"
„Alle Mann von Bord gefallen"
„Rette sich wer kann"!

Ein Dinosaurier!!!
„Ein Dinosaurier" schreit Hakon
„Hiiiiii-llllllffff-eeeeee"

Die Mutter von Hakon stürmt ins Zimmer
Drückt sofort auf den Lichtschalter.
„Mein Schatz, du hast geträumt"! Sagt sie ihm

Sie hält Hakon im Arm.

„Ein Albtaum"!
Ruft sein Vater, der auch in das Zimmer stürmt.
„üüü–bbbberalll, dddaaaa.." Sagt Hakon ganz
hastig.
„WWWasssserrrrr – Diiinoooooossss"

„Alles ist in Ordnung mein Junge" versucht ihn
der Vater zu besänftigen.

„Es ist 3:24 Uhr mein Liebling, Zeit nochmal zu
schlafen". Sagt die Mutter zu dem jungen Hakon.

„Wir müssen morgen wieder früh raus"
„Du in die Schule und wir zur Arbeit" führte die
Mutter noch fort.

   Am nächsten Morgen geht Hakon ganz gewohnt
zur Schule. Er scheint nach dem Albtraum der
letzten Nacht, wieder ganz gelöst zu sein.

Seinen Freunden in der Schule erzählt er von
diesem Albtraum aber.
   Erik sagt daraufhin:
„Krass, das ist schon der dritte Albtraum den du
mit Dinosaurier geträumt hast. Dabei fürchtest
du dich ja gar nicht vor den Dinos"

Auch Lasse sagt dazu:

„Das stimmt, zudem Dinos schon lange, lange
ausgestorben sind“
Bei diesem Satz müssen alle drei sogar lachen.
„Ach, mach Sachen – sie sind doch nicht
ausgestorben“ Sagte Erik flapsig.

„Was machen wir heute nach der Schule“?
Fragte Lasse in die Runde.

Die drei 15-jährigen Jungs überlegen zwischen
einem Kinofilm oder doch dem städtischen
Museum. Denn in Mo i Rana, soll wohl das
schönste und beste Museum Norwegens stehen
und auch immer gut besucht sein.

Am Nachmittag treffen sich die Jungs im Park.
„Also Jungs ich bin dafür, wir stimmen ab“ Sagt
Lasse.
   „Ja, das können wir gerne tun, denn dann wird
gemacht was die Mehrheit will“ Sagte und lachte
Hakon.
„Genau, die Mehrheit“ Lachte Erik mit.

„3:0“
„Okay“
„Das ist wohl mehr als deutlich“
Rief Lasse in die Runde
„Wir gehen ins Museum“

Kapitel 8: Nordische Mythen

Im Museum angekommen.
Die drei Jungs treffen auf zwei andere Jungs.
Aber man sieht sofort, diese sind nicht aus Norwegen.

Sie scheinen Touristen zu sein und haben offensichtlich „freien Ausgang".

„Hey"
Sagt Lasse zu den beiden Jungs.
Diese daraufhin sagen:
„Hi, my Name is Dave and this is my brother George".
Die beiden Jungs sind also Brüder und kommen offensichtlich aus dem Vereinigten Königreich.
„We are living in London" Sagt Dave.

Die Jungs gehen also nun zu fünft durch das Museum.
Es ist ein Geschichtsmuseum.
Während sie all die Bilder und Gegenstände betrachten, unterhalten sie sich lang und sehr ausgiebig über all die nordischen Mythen.
Legenden und Schauplätze die dort fallen wie z.B. Thor der Donnergott, Sohn von Odin. Die Grabstätte der Götter, Walhalla.
Aber auch die Wikinger, Asgard, Ragnarök – über alles unterhalten sie sich.

Die Chemie der Jungs passt einfach sehr gut. Wie
die Faust aufs Auge.

Nach einer Weile kommen sie zu den Wikingern.
Hakon bleibt ruhig und fasziniert vor einem
Schaukasten stehen.
„Na komm schon, man" Forderte Lasse, Hakon
auf, der während dieser Aufforderung auf die
Uhr schaut.

Hakon sagt darauhin:
„Ist schon gut Jungs, geht schon mal vor – ich
schaue mir dies noch etwas näher an"
  „Näher anschauen"!? Fragt Lasse skeptisch und
mit Fragezeichen auf der Stirn.
„Hakon" Sagt er –
„Da ist ein Boot mit Wikingern drin – MEHR
NICHT"!

Die Jungs gehen weiter, doch Erik bleibt bei
Hakon.
„Hey Hakon, was siehst du darin"!? Fragt Erik
interessiert.

Hakon holt aus:
„Letzte Nacht in dem Albtraum, viel mehr schon
drei Mal mittlerweile. Hörte ich Stimmen und
ich war auf einem Boot"
Erik redet dazwischen:

„Ein Boot, Stimmen“
„Hä!?“
„Ich dachte Dinos“

„Ja“ Hakon fährt fort.
„Ich war auf einem Boot, mit Wikingern“
~ Hau 2-3-4 ~ sagten diese ständig
„Dann kam eine Riesenwelle und alle gingen von
Bord durch den Stoß dieser“
„Plötzlich war der riesige und lange Hals des
Dinos“…

„Du wirst mir unheimlich Hakon“ Sagte Erik
„Aber schau mal – krass“!
„Auf dem Boot“ führte Erik fort.
  Auf dem Boot war die Aufschrift zu sehen
HAU 2-3-4

Hakon sagt zu Erik:
„Das muss eine Bedeutung haben“
„Wir stehen heute hier nicht ohne Sinn vor
diesem Schaukasten“!
„Los“ Sagt Hakon
„Was, los!?“ Fragt Erik ganz verwundert.

Hakon sagt folgendes:
„Wir nehmen das Teil mit“!
„Waaa~“ Warf Erik ein…
„Still“! Fuhr Hakon fort.

Irgendetwas ist hier sehr seltsam und faul an den Träumen und der Geschichte.

Aber das wäre Diebstahl, dafür ist Hakon eigentlich nicht bekannt. Zumindest ist er nicht straffällig oder sonst gewalttätig auffällig oder bei der Polizei aktenkundig.

Die Beiden ziehen es tatsächlich durch.
Hakon und Erik, brechen das Schauglas ein.
Sie holen das Boot heraus, schnell unter die Jacke. Sie beginnen zu rennen.

10 Sekunden später löst der Alarm aus. Die Beiden haben das Museum verlassen.

„Was jetzt verdammt"!? Fragt Erik panisch
„Weiß ich doch auch nicht" Sagt Hakon
„Gut, gut – dass du das auch nicht weißt" Sagt Erik hämisch.

Die Beiden laufen in einen Park.
Verstecken sich in einem Gebüsch.
„Ich will wissen was es mit dem Boot auf sich hat" Sagt Hakon.
„Ich bin dabei" Sagt Erik.

2 Stunden später.

Erik ist bei der Polizei mit Hakons Eltern.
„Jetzt nochmal in aller Ruhe und von vorne" Sagt
ein Wachmeister auf dem Revier zu Erik.
  Erik holt aus und berichtet:

… Jedenfalls haben wir das Boot aus dem
Museum gestohlen, oh mein Gott! Das ist ein
Verbrechen, vielleicht wollten wir es uns auch
nur borgen. Ich weiß es nicht…
  Dann hat Hakon an dem Boot herumgespielt.
Plötzlich fiel der Boden ab und ein gelbes Auge
oder eine Murmel, keine Ahnung, oh mein Gott!
  Hakon hat es angefasst und berührt.
Es kam ein gelber Strahl heraus und Hakon
verschwand!

„Er verschwand"!
„Gelber Strahl"
„So ein Unsinn" Sagt Hakons Vater
  Der Wachtmeister versucht den Vater zu
beruhigen.

„Hören sie zu" Sagt der Wachmeister zu dem
Vater.
„Wir haben alles zu Protokoll genommen"
„Wir untersuchen die Sache"
„Sicher hat ihr Junge einen Schreck bekommen,
weil er etwas gestohlen hat"
„Dieser Junge, Erik"

„Er steht unter Schock, weil er wohl Beihilfe
geleistet hat"!

„Wir finden ihren Sohn, bringen ihnen, ihn
zurück und schließen den Fall ab"
„In Ordnung"!?
Der Wachmeister sah den Vater beruhigend und
vertrauenswürdig an.

„Ja, okay"
„Bringen sie bitte meinen Jungen zurück"
„Die Strafe bekommt er von mir schon"!
Sagt der Vater

Die Polizei nimmt die Ermittlung auf...
Beim Abtreten der Polizisten sagt einer zu
seinem Partner – grinsend und etwas zynisch:
„Nordische Mythen, was"!?
„Kinder"!

Die Polizisten gehen...

Kapitel 9: Aloyaresz

Hakon
Lee
Natascha
Nicolas und Mike

Sie liegen in einem Kreis. In einem Symbol.
In einer Art Eingangshalle.
Alles ist dunkel.
Sie scheinen ohnmächtig zu sein.
Denn alle fünf atmen noch.

Eine Gestalt betritt die Halle. Diese Gestalt trägt
einen Umhang oder eine Art Kutte. Jedenfalls ist
sie so bedeckt, dass man nicht erkennen kann
wer oder was den Boden betritt und diesen
begeht.

„Wacht auf meine Freunde"
Sagt plötzlich eine Stimme in dieser riesigen
Halle.

Alle fünf öffnen die Augen. Aber sie können nicht
sagen, nichts reden und sich nicht bewegen.

„Hört mir zu"
„Bevor ihr aufsteht, euch bewegt und fragt wo
ihr seid"

„Ich habe eure Bewegungen unter Kontrolle,
denn ich möchte kein Chaos verursachen“.

Die Gestalt spricht:
Ich bin Aleyou von Aloyaresz.
Mein Volk steht vor dem Verderb und vor dem
kompletten Verfall.

Vergeblich haben wir vor vielen Jahren, so in
eurer Zeitrechnung, schon Botschafter gesendet.
Diese sind auf der Erde, so nennt ihr eure
Heimat oder viel mehr, diesen Planeten ja.

Es war damals das Jahr 1916.
Unsere Armee des Lichtes musste in den Kampf
gegen die Armee der Dunkelheit ziehen.
Seit Bestehen unseres Planeten, unseres Volkes
gab es noch nie Krieg.
  Doch leider haben sich vor vielen Jahren die
Fronten verhärtet.
Hexen des Lichts wurden in die Wälder
getrieben ihre Macht wurde ihnen genommen.
Die Hexen der Dunkelheit, übernahmen mehr
und mehr die Macht und die Herrschaft über
ganz Aloyaresz.

Ein zweiter Versuch den wir unternahmen war
in eurer Zeitrechnung das Jahr 1941.

Beim ersten Versuch, stellten wir fest – dass ihr
und das soll nicht abwertend klingen, doch keine
freundlichen Geschöpfe seid, wie unsere
Wächter es vermuteten oder gar ausspähen
konnten.

Das Jahr 1916 befandet ihr Menschen euch, im
Weltkrieg. Also konnten wir eure Hilfe kaum in
Anspruch stellen. Denn eine Rasse die sich selbst
am Vernichten war, wie sollte diese uns im
Frieden bestärken!?

Wir nannten das Jahr in unserem
Geschichtsverlauf
~ Das Jahr der schwarzen Sterne ~

1941, wagten wir noch einmal einen Versuch.
Wir öffneten die Portale erneut.
Haben 4 Artefakte als Pfeiler verwenden wollen.
Aber auch in diesem Jahr, schien uns die Hilfe
der menschlichen Rasse gar unmöglich.

Wir nannten dieses Jahr:
~ Das Jahr des untergehenden Mondes ~

Doch im Jahr 1968 empfing uns ein Signal. Das
bis heute in eurer Zeitrechnung nun das Jahr
1998 beschreibt.

Das Signal welches wir ausfindig machen
konnten. Einst gefunden von und jetzt werdet

ihr des Rätsels Lösung finden. Jedenfalls einer
von euch.
Der Sender war ein Mensch, er galt als
~ VERRÜCKT ~
~ WAHNSINNIG ~
~ GEISTESGESTÖRT ~

Rettete aber seinem damaligen besten Freund
das Leben, das habe ich ihm nie vergessen. Das
zeigte mir, dass die Menschen es doch wert sind,
als Hilfe in Anspruch genommen zu werden.
Frieden und Liebe, Freundschaft und
Zusammenhalt hat mir dieser Mensch gezeigt.
Sein Name lautet:
ALBERT BRESCOW

UND NUN LIEBE FREUNDE
WILLKOMMEN IN

- TERRASZALIASZ –

Ihr seid unsere letzte Hoffnung...
Ach, ja bevor ich vergesse zu sagen, warum es
1968 auch nicht geklappt hat. Ihr merkt ich habe
mir menschliche Züge angeeignet. Etwas zynisch
aber ihr seid in den 6oer Jahren sehr seltsam
unterwegs gewesen. „Flower-Power“ und
„Hippies“ nanntet ihr es.

Eine sehr seltsame Zeit, ich hoffe ihr habt keinen allzu großen Schaden aus dieser Zeit abgekommen. Aber immerhin ist es ja wie die Zeitkugel es in TERRASZALIASZ exakt berechnet hat 1998.

Nun erwacht und fragt, denn Fragen habt ihr sicher dennoch.

Kapitel 10: Terraszaliasz

HEILIGE SCHEIßE!!!
WHAT THE FUCK!?!?
AAARRRRRGGGGHHHHHH
STRANGE!
WHATS UP HERE?
HEILIGES KANONENROHR
MAMA! MAMA! HILFE!!!
VERDAMMT!
DAMNED!
KRASSER SHIT
TRÄUME ICH!?!?
WACH AUF! WACH AUF! WACH AUF!
BULLSHIT ALLES!
FUCKING SHIT

...

Sie fluchten, ich nehme an. Das ist es wohl,
wenn Menschen fluchen.
Dabei wollte ich dem doch vorbeugen...
Aleyou von Aloyaresz

Die Aufklärung der Albträume.
Warum ihr diese hattet.
Warum euch Farben und Ängste in den Träumen
begegnet sind –
Alles werdet ihr nun erfahren...

Macht euch bereit –
Das Abenteuer beginnt...

Christian Hofmann geb. 5.3.1986 in Biedenkopf bei
Marburg.

Er lebt im mittelhessischen Marburg, wo er auch die
meisten seiner Schriftstücke verfasst.

Neben seiner Belletristik-Reihe; ENTGEGEN DER ZEIT –
ist dies nun seine erste eigenständige Fantasy-
Geschichte mit offenem Ende dazu.

Ob neue verfasst werden, da müssen wir uns
überraschen lassen.